神獸獵人 1

學校後山的怪事

管家琪——文
鄭潔文——圖

目次

這是一對兄妹的奇遇，
故事得從一樁悲劇開始說起……

1 生活的巨變

自從爸爸過世後，一切都不一樣了。

以前爸爸雖然很忙，不是忙工作，就是忙著和他的朋友（按媽媽的說法是狐群狗黨）在一起，待在家裡的時間很少，媽媽為此相當不滿，經常抱怨爸爸太不顧家，總是把兩個小孩都丟給她一個人。可再怎麼忙，爸爸好歹還是會回家，高明還是可以見到爸爸，每天早上他要上學之前，常常能從沒關緊的主臥房門看到爸爸側身睡覺的背影，有時爸爸在夜裡回來，他也會知道，這些都是爸爸有跟他們一起生活的證據。爸爸休假的時候，偶爾也會在媽媽的強烈要求之下，帶他們出去玩……。但是從此之後，家裡就真的只有媽媽和他，以及欣欣三個人了。

在爸爸出殯當天，一大堆大人都對高明說：「爸爸走了，以後你就是家裡唯一的男子漢，一定要把媽媽和妹妹照顧好……。」

這個說法真是令他感到既害怕，同時又壓力沉重。

他才剛剛升上六年級而已啊，儘管在得知噩耗那天，他確實是感到自己有什麼地方不一樣了。後來想想，覺得自己好像一夕之間長大了，可是這和「男子漢」應該還是有很大的差距吧！

其次，在爸爸過世一個月後，媽媽突然宣布要帶他們回到爸爸的老家去住。

「為什麼啊？」他十分吃驚。

媽媽一副欲哭無淚的樣子，說：「因為我付不起房租了啊！爺爺在老家給你爸爸留了一間老房子，舊是舊了一點，但至少還能住。」

他實在是不敢相信，「你都沒錢嗎？」

「我們家向來都是你爸爸在賺錢啊，你又不是不知道——」

他急著追問：「可是爸爸不是都有給你錢嗎？你都花光了？沒存一點嗎？」

他知道爸爸每月都會給媽媽一筆生活費，他的零用錢就在這筆生活費裡。他也聽過媽媽的朋友提醒她，叫媽媽最好每個月都能從生活費裡存一點錢下來。

媽媽苦笑，「開什麼玩笑，你爸爸給我的生活費那麼少，我夠用就不錯了，哪裡還能存什麼錢。」

對，上回媽媽也是這麼跟她朋友說的。

他還是很意外，「爸爸賺得很少嗎？」

爸爸是電視臺的記者，在電視新聞上經常可以看到他的名字——「本臺記者高天放報導」，班上同學幾乎都知道爸爸的名字，感覺爸爸像一個名人，想像中應該不會賺得很少吧。雖然他搞不清楚爸爸的薪水，而且對於在大人的世界裡，到底要賺多少才算多、多少是算少？也沒什麼概念，可是付不起房租是一件很嚴重的事，那就是說——原來爸爸賺得很少？

「其實也不算少，只是都花在他的朋友身上了。」

「這是什麼意思？」

「比方說，每次跟朋友吃飯，或是他們幾個人一起出門，你爸爸總是搶著付帳，好像家裡有金山銀山似的！」媽媽說著說著，就來氣了。

這倒是，他也見過。小時候在爸爸搶著付帳時，他還曾拉著爸爸大嚷：「你不要付嘛！要不然媽媽又要生氣了。」弄得爸爸媽媽很尷尬。

媽媽繼續說：「還有，你爸爸的耳根總是很軟，又沒什麼判斷力，人家一叫他買什麼、投資什麼，他都答應，就這麼弄來弄去，把錢都弄沒了。」

我們家沒錢了？高明很茫然，感覺好恐怖，腦海裡馬上就浮現出那些躺在公園、騎樓地上，身上蓋著報紙，無家可歸的街友。

看著媽媽，他忽然覺得好氣，便瞪著眼說：「你怎麼都不管管他啊！為什麼要讓他這樣亂來。」

居然弄到連房子都租不起了！他想不通，爸爸怎麼可以這樣！媽媽怎麼可以這樣！

「你以為我不想管？你以為我管得動啊！」

媽媽一連用了兩個「你以為」，確實問得他啞口無言。

高明知道媽媽說的也是實情；爸爸、媽媽之間的恩恩怨怨，他其實不止一次聽媽媽跟她的朋友抱怨過，只是剛才一急就忘了。

但高明當然還是很不滿，再怎麼說，媽媽也是大人啊，怎麼會——

「你爸爸總說叫我什麼都不用管，唉！」

看著一臉懊惱和發愁的媽媽，高明不忍心再怪她了，而且好像也有一點明白，大概是因為從前，爸爸總能把所有的事情都扛住，所以他從來不曾意識到房租這些事。他們也從來沒有搬過家，不缺學習用品和衣服、玩具，生活一直很穩定。好像從一出生就理所當然有地方住、有食物吃、有東西用，壓根兒沒想過，這些都是要花錢的。直到現在——爸爸忽然不在了！

「唉！你也大了，我老實跟你說吧！不說一下我也要受不了了。我最近才知道，原來你爸爸投資失敗，竟然還欠了人家一筆錢！人家來找我要，不能不還啊！這把家裡原來就不多的積蓄幾乎都用光了。總之，搬回老家，以後就不用付房租，租金可以省下來；老家的物價也比較低，我們的開銷就能降低。當然，以後我也得想辦法賺一點錢。」

「可是——」他忍不住嚷了起來，「這樣我就要轉學了！」

一旁的欣欣甜甜的插話：「哥哥，我也要轉學，我覺得沒關係呀！」

高明當然知道欣欣是想要安慰他，但他聽了卻反而更火大，沒好氣的衝道：「你當然沒關係，你還在念幼兒園啊！」

欣欣嘟著嘴，小聲的說：「我明年就要上小學了。」

「別兇你妹妹，」媽媽制止兩人，「要怪就怪你爸爸吧！」說完，媽媽帶欣欣回房，表示交談結束。

唉！看來搬家、轉學是木已成舟，沒有轉圜的餘地了。

他並非因為捨不得老師、不想離開朋友而排斥搬家——在學校裡高明向來都盡量離老師遠遠的，也不大熱衷交朋友；應該說，他從來就不覺得自己缺朋友、需要朋友，總是安安靜靜做著自己的事——他不願意轉學，純粹只是怕麻煩、不喜歡生活上有太大的變化。

然而，高明畢竟也念六年級了，他知道這是由不得自己的。事實上，自從爸爸一過世，生活就再也不一樣了。

2 爸爸的老家

雖然說是爸爸的老家，但兄妹倆對於這個小鎮非常陌生，因為連以前爸爸還在的時候，他們也很少回來。

爺爺奶奶都在二十幾年前就過世了，高明與欣欣根本無緣相見。加上爸爸是獨子，老家又沒什麼親戚，以往頂多在每年清明節前後，爸爸會帶他們回去掃墓，有

時則是爸爸自己一人回去，有時他如果太忙，也沒回去。

高明上一次回老家，是一個月前埋葬爸爸的時候。現在想來，也許媽媽那時已經在計畫要搬家了吧？不過，當他這麼詢問媽媽的時候，媽媽否認了，只說是因為知道爸爸比較想要土葬，而爺爺在老家留下一塊地，

有一點像家族墓地，讓爸爸陪著爺爺奶奶長眠，應該是個滿好的安排。

家族墓地？怪不得他以前就覺得，在爺爺奶奶的墓旁，好像還有好大的空位。

爸爸出殯那天，媽媽帶著他和欣欣當天來回，並沒在老家過夜。事實上，自他有記憶以來，全家從沒在那個鎮上住過，所以他完全不知道，原來爺爺還給爸爸留了一間房子。

不過，第一眼看到這間房子時，他真是不由得倒吸了一口氣，心都涼了。

什麼「舊是舊了一點」，這簡直是太舊、舊得要命、舊得不得了好不好！

媽媽說：「別挑剔，這已經算是不錯了，也已經打掃過。你們要是看到之前還沒整理的樣子，那才要命呢！」

媽媽在上個星期天，曾把他們兄妹倆托付給鄰居阿姨照顧，獨自專程回來打掃。媽媽那天回家時，告訴他們「都弄好了，可以搬家了」，讓高明當時感覺，新家應該不會太糟糕。然而眼前出現的，是一棟外觀相當破舊的四層樓透天厝，看上去像一棟危樓。

他決定大膽提問：「媽媽，這裡能住嗎？」

「當然能，」媽媽非常肯定的說：「放心吧，我已經找朋友來幫忙看過了。」

大概是看到兩個孩子都十分懷疑的樣子，媽媽補充道：「高興一點，我們有院子啊！一個有院子的房子，這不是很教人羨慕嗎？」

欣欣那個小傢伙真是太好哄了，一聽完果然馬上高興起來，「那我們可以養狗狗了？」

欣欣一直想要養狗，以前媽媽總說，住在公寓裡不方便

養，要有院子才合適。他猜想以前媽媽這麼說的時候，一定萬萬也想不到，有天他們真的會住到一間有院子的房子。

不過，論敷衍、論改變心意，大人永遠很在行。

果然，媽媽馬上說：「嗯，暫時還不行，我現在能養活你們兩個已經很不錯了，養寵物的事，等以後再說吧。」

瞧，三言兩語、輕輕鬆鬆就把欣欣給打發了。

3 是神獸還是怪獸

新學校很小，全校學生不到五十人。但是高明一開始並不知道這一點，因為進校之後，一眼望去，學校的操場、教室等，都不嫌小。後來想想，相對於學生的數量來說，學校的設施算是很大了，每個學生都能有很寬裕的活動空間。

六年級只有一個班，原本班上有十二個學生，現在他是第十三個。

轉學第一天，所有同學都知道了他叫做小明。都怪媽媽臨走前回過頭提醒：「小明，記得放學後去接欣欣哦！」

媽媽的聲音那麼大，全班同學不僅都聽到，還不約而同的笑了。「小明」，這是一個大家都太熟悉的名字，從幼稚園到小學、從一年級到現在六年級，課本裡、作業簿中，還有作文範本上，到處都是「小明」，簡直就是個大人物啊！

高明呢，對於同學們的反應見怪不怪，因為這早就在他的意料之中。所以他向來比較喜歡別人連名帶姓，叫他「高明」。雖然這個名字聽起來好像有一點自大，可總比叫「小明」好。

除了名字，在轉學的第一天，高明還有一件事，讓同學都對他留下深刻的印象——那就是他的畫圖本。

下課時間，高明拿出畫圖本想畫畫。剛把本子打開，就引起附近一個留著小平頭男生的注意，好奇的問：「哎喲！你在畫什麼？這是什麼怪物？」

這聲驚呼引起更多同學圍觀。

高明說：「這不是怪物，是神獸。」

「神獸？」小男生說：「你是說，像是麒麟、鳳凰那些嗎？對了，好像還有龍？」

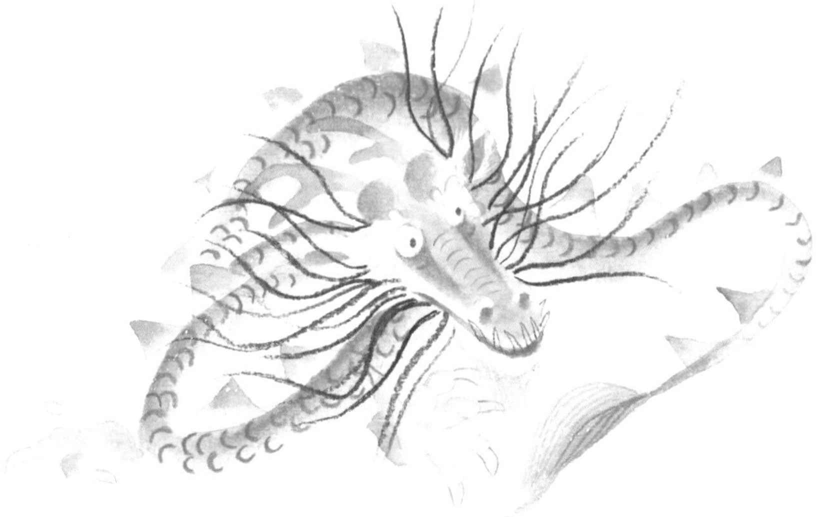

一個臉上有點雀斑的女生搶著回答：「應該是青龍、白虎吧？好像還有另外兩個，我記得總共有四個。」

高明說：「你說的是『四大神獸』，還有兩個是朱雀和玄武。」

「對！我想起

來了，」小雀斑說：「是青龍、白虎、朱雀和玄武，沒錯沒錯。」

小平頭問：「等一下，你們說什麼『ㄑㄩㄝˋ』、什麼『ㄨˇ』，那是什麼東西？」

小雀斑解釋了

「朱雀」和「玄武」這兩個詞該怎麼寫。

小平頭又問：

「青龍和白虎我可以想像得出來，就是龍跟虎的樣子嘛，對不對？可是這個『朱雀』和『玄武』是什麼？」

小雀斑說：「朱雀有一點像鳳凰，很多人都把朱雀當成是鳳凰的一種。至於玄武嘛，是

龜和蛇的合體——」

「像合體機器人那樣？」

「差不多。」

小雀斑停下來，用徵詢的口氣問高明：「新同學，我沒說錯吧？」

高明的視線從畫圖本上抬起來看她，很高興她沒有叫自己「小明」。

「嗯，差不多。」高明說。

小平頭湊近一點，問：「那你是在畫什麼？」

「我在畫饕餮，這是『四大凶獸』之一，『吉凶』的凶。」

「『饕』什麼？」小平頭問：「你剛才不是在畫神獸嗎？怎麼一下子又變成凶獸了？不過——」

他又看了幾眼，「這個看起來真的兇兇的，所以我剛剛才會以為你是在畫怪物。」

高明說：「我也不太清楚，反正我查過的資料，只要講到神獸，接著就會提到『四大神獸』和『四大凶獸』。其實神獸還有很多很多，不止這八個，但到底有多少，我也不知道。」

小雀斑則說：「饕餮，我知道這個，是一個貪吃鬼對吧！我好像在電影裡看過。」

高明說：「沒錯，饕餮很貪吃。我看資料上說，因為他太能吃，甚至把自己的身體都吃掉了，只剩下一個大頭和一張大嘴！」

「好噁喔！明明看起來就很像怪物啊，居然也算神獸。」

小平頭這麼說。

「也許吧。」高明說。

「你怎麼會這麼喜歡畫這些神獸？」

小雀斑問。

「我覺得這些神獸很酷啊。」

4 後山的傳聞

最後一節課，當大家都在寫練習簿時，高明被班導章老師叫了出去。

章老師的年紀偏大，看起來比媽媽、還有以前的鄰居阿姨都要年長得多，像一位慈祥的奶奶。

「今天怎麼樣？還習慣嗎？」章老師問，聲音聽起來很和藹。

「還好。」高明說。

「那就好，」章老師似乎考慮了一下措辭，溫柔的說：「我聽說了你爸爸的事，我覺得他很勇敢，他一定是很多人心目中的英雄。」

爸爸當初是在高速公路上看到車禍，趕快停車下去幫忙，結果一不小心，反而被後面一輛超速的跑車給撞死……。很多人都說爸爸很勇敢，但老實說，他真希望爸爸當時不要那麼勇敢。那天爸爸休假，一早先去中部辦事，預計中午以前回來，要帶全家去新開的水族館，結果就在回來的路上發生意外。

看高明不吭聲，章老師輕拍高明的臂膀，安慰道：「別太難過了，人死不能復生。你還有一個妹妹對吧？現在媽媽一定很需要你的幫忙，你要多多照顧妹妹，多體貼媽媽現在的心情。」

「我知道。」

章老師說的這些話，高明很熟悉，最近經常聽到。特別是長輩要他做個「男子漢」的時候，都會這麼說。

放學後，高明按照媽媽的吩咐，去學校的附設幼兒園接欣欣回家。

遠遠的，他就看到欣欣和好幾個小朋友玩在一起，玩得不亦樂乎。

高明心想，真是無情的小鬼啊！爸爸才剛走一個多月，居然就笑得出來了！

緊接著，高明又想，欣欣跟自己真的好不一樣。可能欣欣比較像爸爸吧，爸爸也是很容易就能跟陌生人聊起來，常常一聊就像是認識幾百年的老熟人一樣。欣欣簡直是得到了爸爸的真傳，才第一天到校，就已經跟同學打成一片了。

欣欣一看到高明，立刻滿面春風的跟身邊的同學宣布：

「我哥哥來接我了！」

說完，她把手上的玩具往旁邊一丟，站起來，準備拍拍屁股走人。

一位長頭髮、長得還滿漂亮的老師馬上叫住欣欣：「高欣小朋友！要收好玩具再走哦。」

「喔！」欣欣應了一聲，跟高明做了一個鬼臉，趕緊手忙腳亂的收拾。

這時，漂亮老師拿著一本簿子，走過來問道：「你是高欣小朋友的哥哥，對吧？」

「嗯。」

「你念哪一班？」

「六年級只有一班。」

「哦，對喔！我忘了。」老師不好意思的笑了笑，「請你把家長名字、地址都說一下。不好意思，為了謹慎起見，我還是得要核對。」

高明乖乖報上。當老師一聽到他們家的地址，再看看手上的登記簿時，相當驚訝。「蓬萊路？那裡還有人住啊？那裡不都是一些廢棄的老房子嗎？」

高明後來才知道，原來早上媽媽送欣欣來的時候，這個漂亮老師不在，所以她沒看過媽媽填的資料。

高明一時不知道該怎麼回答，他們家左右兩邊雖然也有房子，但確實都沒人住。

老師看著一臉困窘的高明，大概是發覺自己問得太直接了，趕緊說：「對不起，不好意思！」

幸好這時欣欣收拾好了，背著小書包跑過來，親親熱熱的牽著高明的手，開開心心的跟老師說再見，高明和老師都覺得得救了。

一走出校園，欣欣就扯扯高明的手，說：「哥，你同學有沒有跟你說那座山的事？」

在學校後方有一座小山，他還不知道這座山有沒有名字。他們家的家族墓地就在半山腰。

「沒，怎麼樣？」

「我們班有一個小朋友說，那個山上會鬧鬼，因為那裡有墳墓。然後我就說，我爸爸還有我爺爺奶奶，都住在那裡，就住在那些墳墓裡喔！他一聽我這麼說，嚇了一大跳，後來都不敢跟我玩。」

鬧鬼？別說那個小男生了，高明聽了也大吃一驚，繼之有些哭笑不得，「你喔——！」

如果是他，當人家在他面前說山上鬧鬼時，他應該不會就這麼大大咧咧的，接口說自己有什麼家人就在那裡——就算這是實情——幸好今天班上同學和他的話題是神獸，還沒人跟他提過那座山。

5 媽媽生氣了

「哥，我們去看看爸爸吧？」

「現在？」

「對啊。」

「不要吧，回去晚了媽媽會擔心的，搞不好還會生氣。」

高明的估計果然正確，才剛剛拐進巷子，他就看見媽媽正在鎖門。

「媽媽！」欣欣放開他的手，撒腿朝著媽媽跑去。媽媽看到他們，很是高興。

等他走近，媽媽說：「我正想去學校找你們。」然後把家門重新打開。

「我一下課就去接欣欣了，」高明解釋，「只是在那裡等欣欣收玩具，耽擱了一下。」

「我沒怪你啦，」媽媽說：「是我自己不好，本來是想節省時間，讓你順便帶欣欣回來。可是發覺這樣一來，我在家裡一直看時鐘，做事很慢，不專心，好像也沒怎麼省到時間，以後乾脆還是我去接你們吧。」

「你可以放心啊，我會接欣欣的。而且他們老師很謹慎，還問了我一些問題，不會隨便讓人把欣欣接走的。」

「一定有問你是幾年級之類的，對吧？」

「還問你的名字，跟我們家的地址，而且老師好像很驚訝我們住在這裡。」

「哦，為什麼？」

「好像是說，沒想到這裡還會有人住。」

媽媽頓了一下，「老師沒說別的吧？」

這時，欣欣忽然沒頭沒腦的說：「我們班有小朋友說山上會鬧鬼！」

「鬧鬼？」

「他說因為山上有墳墓。」

「哦！」媽媽一臉驚訝，似乎萬萬沒有想到會是這樣的理由，接著立刻追問：「你有沒有——」

「有啊！我說爸爸、還有爺爺奶奶就埋在山上。」

「你！」媽媽瞪著眼，不高興的說：「你這個小孩，怎麼這樣！」

「我怎麼了嘛……。」欣欣怯怯的應了一聲，看起來像隻受驚的小白兔。

媽媽平常都蠻和藹可親的，可是一旦板起臉來，樣子也挺讓人心驚肉跳，何況媽媽最近的心情一定很不好……。

高明趕快拉著欣欣，「走走走，我們去洗手，到家之後都還沒洗手呢！」他迅速把欣欣帶開。

在浴室裡，高明一邊和欣欣洗手，一邊小聲叮嚀欣欣，等一下不要再說什麼鬧不鬧鬼，小心媽媽原地爆炸。另一方面，他也擔心媽媽會難過。

他和媽媽都是屬於淚腺超級遲鈍的人，從小到大，他很少看到媽媽哭。這一個多月以來，他也只看到媽媽哭過兩次，第一次是在爸爸出事當天，那天受到媽媽的情緒感染，再加上確實也是晴天霹靂，他跟著淚如雨下。可是在這之後，他們母子倆好像都平靜了下來，只在爸爸出殯那天又崩潰了一次。

他不想看到媽媽再度崩潰，就像他也不希望——

欣欣突然「啊」了一聲。

「你幹嘛啊，嚇我一跳。」

「我忘了告訴媽媽，老師說明天要帶一些美勞用具。」

回到客廳，高明一眼就看見媽媽拉長著臉，顯然心情還是不太好。

只見媽媽半彎著腰，剛把一個紙箱拆封，並把裡頭的東西拿出來。這個紙箱裡裝著的，都是檯燈、馬克杯之類的物品。他眼神一掃，看到地板上還堆了好幾個紙箱，看樣子媽媽還需要整理一陣子。

高明說：「欣欣明天要帶一些美勞用具。」

「要帶什麼？」媽媽的聲調聽起來硬邦邦的。

欣欣說：「剪刀、膠帶，還有……咦？還有什麼？我想一想。」

媽媽說：「剪刀和膠帶——有是有，可是我現在一時想不起是放在哪裡……。」

光是寫著「日用品」的紙箱就有好幾個。

「啊！想起來了。」欣欣說：「還要色紙，老師說顏色最好多一點。」

「色紙家裡沒有——」

高明建議道：「要不我現在帶欣欣去買吧，我們學校大門口附近有一家文具店。」

學校附近總會有這類小店，高明今天很快就注意到了。

媽媽想了一下，「也好，我等等還要做晚飯，你就帶欣欣去買色紙吧！剪刀和膠帶我再找找。」

媽媽拿了一點錢給高明，叮囑道：「記得要看一下價錢，雖然這裡的東西應該比較便宜，但還是要看一下。」

高明頗為驚訝，過去他不是沒帶欣欣去買過東西，媽媽也不是沒提醒過他，買東西時要注意一下價錢，畢竟很多東西在不同品牌之間的價格差距會很大。可是今天只是要去買色紙呀！色紙再貴，能貴到哪裡去？難道我們家真的這麼窮了嗎？高明的內心感到一陣陣的不安。

出門前，媽媽對他說：「買好色紙，你就帶欣欣在附近逛逛吧，認識一下環境。只要在天黑以前、差不多六點前回來就好了。」

現在是四月下旬，傍晚六點天色應該暗下來了，但還沒完全天黑。

他看看手錶，還有一個多小時。

這個電子錶是他去年的生日禮物，錶帶上有著卡通角色的圖案，是一隻怪物。

高明心想，這個地方這麼小，一個多小時已足夠把每條街道都走過一遍了。

6 忽明忽暗的天色

才剛買好色紙，欣欣就說：「哥，我們去看看爸爸吧。」

這是欣欣今天第二次提議了。高明抬起手，看了一眼手錶。他很快估算了一下，爸爸的墓在半山腰，這座小山又不高，時間應該是足夠的。他也寧可去看看爸爸，反正鎮上也沒什麼好逛的。

兄妹倆打定主意，便繞到學校後方，從階梯開始往上走，走了還不到二十分鐘，就差不多到了半山腰。

在一座木造小涼亭處，他們離開步道，轉而往樹林裡走，沒多久就來到一塊開闊的空地，他們的家族墓地就在空地盡頭、鄰近山邊的地方。

這裡有兩座墓，一座是爺爺奶奶的合墓，雖然算是很有歷史了，但看起來並不破敗，甚至感覺還挺新的。這是因為爸爸過去都有在照顧和維護，好像前兩年才剛剛整修過。

另一座更新的，是爸爸的墓，無論是規模或是墓碑的質感，都不如爺爺奶奶的合墓，不用說，一定是為了要省錢。

聽媽媽說（媽媽想必是聽爸爸說的），這一片樹林都是當年爺爺買下來的地，本來想種果樹，但試種過兩三種，經濟效益都不太好，後來爺爺改種柏樹，結果柏樹倒是長得很不錯。於是爺爺決定將這裡做為家族墓地，因為按照習俗，墓地四周本來就很適合種柏樹。

站在兩座墓旁往下看，小鎮盡收眼底。高明覺得這裡的視野不錯，並沒有「鬼裡鬼氣」的感覺，不懂怎麼會有鬧鬼的傳聞？就因為這裡有墓地嗎？

呃，不過老實說，他想像第一次爬這座小山的人，走到這裡看到墓地的時候，可能的確會有一種怪怪的感覺。

可是，說有鬧鬼，也未免還是太離譜了吧！不知道爸爸以前有沒有聽過這個傳聞？如果聽過，爸爸是作何感想？高明很納悶。

他轉念又想，記得曾經在書上看過一種說法，說所謂的「鬼」，其實只不過是另外一個世界的「人」……。高明心想，那對於另外一個世界來說，我們是不是也是「鬼」啊？就算這裡真的鬧鬼，相信爸爸也會保護他們的，有爸爸在，一定任何妖魔鬼怪都不敢靠近……。高明想得正專心，欣欣忽然大哭起來，把他的思緒一下子拉了回來。

「哎！你幹麼啊，嚇我一跳！」

「我難過嘛！我想爸爸啊！嗚嗚嗚……」欣欣哭著說。

高明一聽，頓時也鼻子發酸。可是，不行！他馬上意識到，前兩次被媽媽感染情緒而淚眼汪汪也就算了，現在可不能欣欣一哭，他也跟著哭，要先好好照顧妹妹啊！

「好了好了，不要哭了。」

他一安慰，欣欣反而哭得更大聲。

「哎，好了啦！等一下要是被媽媽看出來你哭過，搞不好會誤會，以為是我欺負你，那我就太冤枉了。」

欣欣一把眼淚一把鼻涕的抱怨道：「哥，我覺得你好無情喔！」

「我怎麼了？」

「爸爸死了，你都不難過！」

「胡說，誰說我不難過？」

「你都不哭。」

「亂講，我當然有哭。」

「你哭得很少，媽媽每天晚上都在哭。」

「什麼？真的嗎？」高明很意外。

「當然是真的，我最近幾乎天天半夜都看到媽媽在哭。」

「半夜？你都不睡覺？」

「就是突然醒的。反正我只要一醒來，就聽到媽媽在哭，我一叫她，她就抱著我哭。」

欣欣從小都跟媽媽睡，難怪會見到媽媽脆弱的一面。

高明心想，原來媽媽也不是淚腺多遲鈍，原來媽媽這麼傷心……。以往他並不覺得爸爸和媽媽的感情有多好，因為他經常聽媽媽跟朋友在抱怨爸爸。原來——哎，大人真是讓人搞不懂。

高明掏出一包面紙，抽出一張，替欣欣把小臉擦乾淨，老氣橫秋的說：「總之你別哭了，免得等一下又惹媽媽難過。我們也該回去了，天色都暗下來了……咦？」

高明猛然一驚，天色已經暗了？要天黑了？他們居然已經在這裡待這麼久了？感覺沒那麼久啊！難道是他剛才胡思亂想，所以忘了時間？

他一看手錶——什麼？才四點四十五分？連五點都還不到，天色怎麼會這麼暗？

他抬起頭看看天空，是忽然要下大雨了嗎？可是天空也不像往常要下大雨前，那樣黑壓壓的一片，根本沒有什麼烏雲，好奇怪。難道在這裡，連下大雨前的徵兆都不一樣？

不管了，萬一真的下雨就糟了，這裡可是一片空地啊！

高明趕緊拉著欣欣，「走走走，我們趕快回家吧！」

可是，才匆匆走了幾步，天色忽然又大亮，重新變回下午四點多的樣子，簡直就像是剛才有誰突然把燈關掉、現在又打開似的。

高明一怔，不自覺停下腳步。

7 神獸獵人登場

這是怎麼回事？

高明一陣茫然，心想，我不會是在作夢吧！

應該不是，因為此刻欣欣正抓緊了他，那種緊張和害怕的情緒，從欣欣的小手傳到他的身上，感覺是那麼的真切，不可能是在作夢。

欣欣也一臉惶惑，「哥，這是怎麼搞的？」

別慌，鎮定，我要鎮定！高明告訴自己。

儘管鬧鬼之說瞬間在心裡又冒了出來……。

他拉緊欣欣，「我們趕快走！」

走沒幾步，天色又暗了，而且這回好像比剛才更暗！

「哥，我好怕！」欣欣快要被嚇哭了。

高明也很害怕，怕到已經說不出什麼安慰的話，只能拉著欣欣硬著頭皮往前走。

四周暗得要命，視線很差，走了好幾步，一個恐怖的念頭忽然蹦了出來。

我們的方向沒錯吧？不會是朝山邊在移動吧？山邊那

兒、也就是他們的家族墓地附近，可是沒有做任何護欄的啊。

這個念頭讓高明嚇得立刻停下腳步。

就在這時，天色再度猛然一亮。高明清清楚楚的看見前方是一片樹林。

太好了！沒錯沒錯，穿過這片樹林，應該很快就可以回到那座木造小涼亭，然後就能循著階梯下山了。

在下回天色又莫名其妙大暗下來時，他們已經走進了樹林。

在幾乎是烏漆墨黑的情況之下，兄妹倆在樹林裡急急忙忙的走著，心裡都非常害怕和茫然，完全搞不懂這到底是怎麼回事。

忽然，一陣大風吹來，空氣涼颼颼的。

「哥，我好冷！」

高明覺得自己的恐懼已經差不多要到達頂點了，忍不住想，這不會就是傳說中的陰風吧？

幾乎是在黑暗中，他們感受到大

風一陣一陣襲來，規律得像是呼吸似的，他們被吹得渾身發抖。

「哥，鬼不是應該沒有呼吸的嗎？」欣欣發著抖問。

高明也在想同樣的問題。但是，如果現在不是鬧鬼，而是這附近出現了什麼怪物——這好像一點也沒有比較好，他們的處境還是很糟糕。

高明強作鎮定，「別管那麼多了，我們只要趕快離開這裡就好！」

問題是，想要離開這裡並不是那麼容易啊。

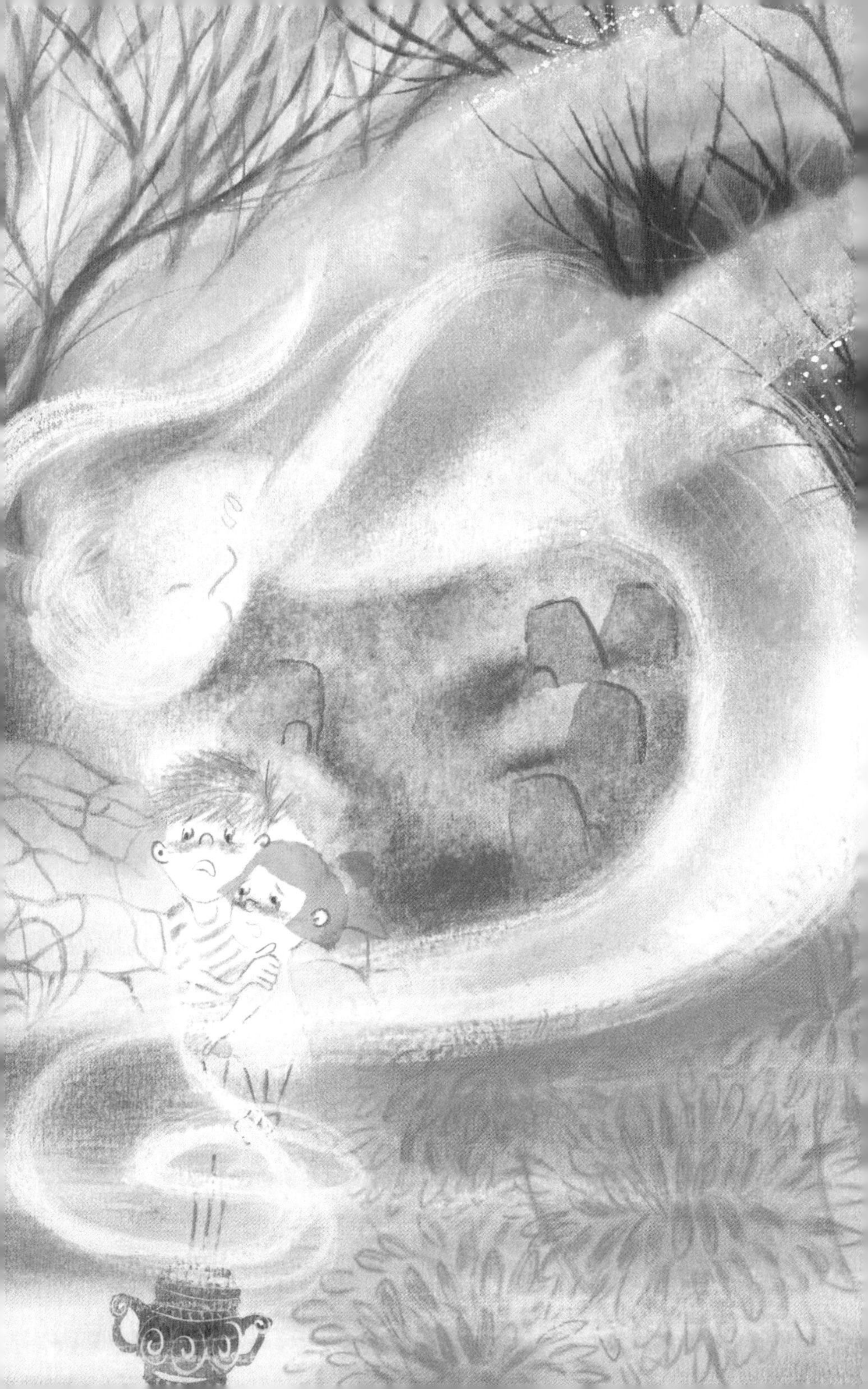

在天色忽然一亮的時候，高明大叫一聲，四周又立即陷入黑暗，就像現在已經完全天黑、入夜了。

「哥，你怎麼了？嚇死我了！」

「沒——沒什麼，我看錯了。」

其實剛才高明看到前方遠遠的，好像有一張兇惡的大臉，大臉周圍是火紅的一片。

由於那副詭異的景象幾乎是瞬間即逝，高明不知道自己究竟是看到了什麼。不過，他現在也無心追究，只想趕快帶欣欣回家。

再說，現在的天色這麼奇怪，一會兒亮一會兒暗的，他猜想大概是自己的手錶故障，時間不準，其實早就天黑了。他們不知不覺在山上待得太久，這可怎麼得了，媽媽一定等得心急如焚！

「走！我們要趕快！」高明拉著欣欣繼續往前走。

「哥，我好怕！」

「別怕，很快就下山了——啊！」

高明感覺自己忽然騰空，有一股力量將他猛然抓起，耳裡聽到欣欣充滿驚懼的尖叫，下一秒才察覺到，原來欣欣跟自己被綁在一起！

黑暗中，高明感覺渾身的血液都在往腦袋衝——他忽然意識到自己是倒掛著，雙腳被什麼給捆住了。

怎麼回事？他實在好害怕，不過還是不忘先安撫欣欣：

「別叫了、別叫了。」

欣欣又哭又叫，一樣被嚇得不輕。

高明比剛才冷靜了些，儘管他還是一頭霧水，弄不清是怎麼回事，但他突然想到，幸好這肯定不是鬧鬼，因為從來沒聽說過鬼還會設陷阱的。

不過，要怎麼掙脫這個陷阱呢？這樣被倒掛著，實在好不舒服。

遠遠的，出現了一個光圈，光圈後面好像還有一個模糊的東西。

高明一下子又緊張起來，睜大眼睛，死死盯著那個光圈，他隱約感覺光圈後的東西，並不是剛剛看到的那團紅色大臉。

光圈慢慢朝他們這裡過來了。

既然不一樣——那應該是救兵來了！

想到這裡，高明大叫：「喂！有人嗎？拜託拜託！拜託快來幫忙！我們中了陷阱！」

腳步聲愈來愈近。

很快的，在四周幾近一片漆黑當中，有人走近了他們。

這人的右手拿著一個會發光的東西，光線映照出他的面貌——是一位穿著古代服飾的成年男子。

男子一臉驚訝，「你們——你們怎麼會在這裡？」

高明不知道該怎麼回答。

男子似乎也不需要他們回答，逕自把那個會發光的東西遞給他，簡潔的交代了一句「拿著」。高明接過來，才發現原來是一塊石頭——至少拿在手裡的感覺很像石頭。

騰出兩手以後，男子沒花多大功夫就把他們倆弄了下來，隨即動作俐落的收拾方才綁住兄妹的繩索。從他收拾的過程中，高明看出那捆繩索伸縮自如，似乎很好用。收好後，男子把那捆繩索掛在腰間。現在，身材高大、奇裝異服的他，看起來不僅像古裝片裡的獵人，還很像西部牛仔。兄妹倆呆呆的看著這個從天而降的人，幸好他說的不是外國話，也不是外星話。

「呃，還你。」高明把會發光的石頭遞給男子，欣欣指著剛剛收拾好的繩索問：「那是什麼？」

「是我設的陷阱，不過，我當然不是為了要抓小孩子。」

高明覺得男子的聲音很好聽，有一點低沉，也有一點沙啞，正是他想像中，一個男子漢應該有的聲音。

「那你是要抓什麼？」高明真沒想到，原來學校的後山還可以打獵。

男子看看他們，頗為謹慎的說：「抓一個溜下來的——你們剛才有沒有看到什麼奇怪的東西？」

欣欣說：「沒有啊，只是剛才的天空好奇怪，一下子亮一下子暗。」

「這很正常。」男子居然這麼說，然後他看著高明，又問了一次：「你呢？有沒有看到什麼奇怪的東西？」

「我——我不知道。」

「看你這個樣子，一定是看到了什麼。」

「可是我覺得一定是我看錯了。」高明回想剛才看到的那張大臉，心想：對啊，一定是自己看錯了，一般人怎麼可能會有那麼大的一張臉？

男子卻說：「說說看。」

怎麼說啊？高明看男子那麼堅持，想了一會兒，只好說：「剛才我看到遠處，好像有一張巨大的臉，表情很可怕。」

話一出口，連高明自己都覺得荒唐，不明白怎麼會有那樣的錯覺。

欣欣叫起來：「在哪裡？我怎麼都沒看到？」

說著，欣欣忍不住東張西望，生怕那張大臉就在附近。

男子卻顯然不覺得高明所言很荒唐，還接著問：「你有沒有看到他的身體？」

「身體？沒有，我只看到紅紅的一大片。」

「好，如果你看到的那個東西有身體的話——其實他當然有身體——你覺得他會有多大？」

「多大啊？我覺得一定很大很大吧，很難講。」高明疑惑的問：「剛才我是真的看到了什麼嗎？」

「沒錯，你應該是看到了燭龍。」

8 追捕神獸

男子說，燭龍只要一睜開眼，天下便是白晝，一閉上眼，天下便是黑夜；燭龍吹一口氣，立刻颳起大風，感覺天下便是冬季，而當燭龍呼一口氣，天下便又是夏天；燭龍從來不吃、不喝——

「所以他絕對不會吃小孩子吧？」欣欣問。

男子一聽，又笑了。

高明趕快告訴欣欣：「虎姑婆才吃小孩子啦，這又不是虎姑婆，這是燭龍，是——」

他看看男子，對於即將脫口而出的那個詞，還是覺得難以置信。

結果，男子替他說了。

「是神獸，燭龍是一種神獸，他的面孔看起來像人，大概就是你剛才看到的那張大臉。周身都是紅色的，身體像蛇。他的身長本來有一千里，但我發現來到這裡以後好像沒那麼長，不過也夠長的了。」

一千里！高明很吃驚，而且「人臉蛇身」——蛇身——

媽呀！怪不得剛才那匆匆一瞥時，他沒注意到燭龍的身體，一定是剛好藏在樹林之中。

男子又說：「燭龍平常是住在鍾山的下面……」說著，他看看四周。此刻天色又恢復明亮，按男子剛才所說，燭龍現在應該是睜著眼睛。

「我是看不出這裡跟鍾山有任何相像的地方。」男子說。

高明盯著男子，心裡一直在盤算著，這人該不會是瘋子吧？雖然感覺不太像，可是為什麼他看起來那麼像古代人？還有，他那塊會發光的石頭，和用來當做陷阱的伸縮繩索，又是怎麼回事？這些東西不是只有在電影裡才會出現嗎？

「那——」男子考慮了一下，然後鄭重其事的說：「你們就先跟著我吧！」

「不用了，」高明說：「我們還要回家。」

「別擔心，等下就會讓你們回家的，現在這個時空已經被凍結了，你們暫時也回不了家。」

什麼？時空凍結？回不了家？高明想著，也就是說，原來剛才——不，包括現在——他和欣欣都被困在一個特殊的時空裡？高明正想再多問幾句，一陣大風颳來，頓時又像不

久前那樣，寒氣逼人，阻止了他繼續發問。

「來了！就在附近！」男子簡短下令，「你們快跟好！一定要趕快把燭龍抓住，免得他傷人！」

欣欣害怕的問：「不是說他不會吃小孩子的嗎？」

高明則問：「不是說現在時空凍結，那燭龍應該到不了人類的世界，他怎麼會傷人呢？」

「時空凍結只是暫時的現象，再說，」男子看看兄妹倆，「現在這裡不是還有你們兩個嗎？我剛才把時空凍結的時候，沒注意到這裡居然還有人。」

「可是，」高明也急了，「你剛才不是說，燭龍不會吃小孩子嗎？」

「我沒這麼說，那是你說的。我說的是『他從來不吃不喝』，但不能保證他在心情不好的情況之下，會不會有什麼反常的舉動。」

高明一聽，趕緊再問：「這個燭龍，到底是好的神獸，還是不好的神獸？」

他對神獸產生興趣，也是不久之前的事而已，「燭龍」這個名字他有印象，但還不是很熟悉。

男子看看高明，沒有回答。

寒風愈颳愈大，欣欣冷得直打哆嗦，拼命躲在哥哥身後。與此同時，男子也立刻用身體護住兄妹倆，並且迅速把他們帶到一棵大樹後面躲起來。

當寒風消停時，四周再度暗了下來。

男子等了一會兒，拿出發光石和一卷卷軸，然後蹲下來，把卷軸打開。哇，原來那是一張動態地圖，只是高明完全看不出是什麼地方的地圖。

偏偏男子還說：「把你剛才看到燭龍的地方指給我看。」

高明這才知道，原來這竟然是這座小山的地圖，可是這張地圖看起來好複雜，也找不到什麼他認識的參照物。

「對不起，我看不懂。」

男子看了一下高明，沒說什麼，並把地圖收起來，「好吧，那就不管地圖了，你直接指給我看吧，剛才你是在哪裡看到燭龍的？指個方向就好。」

高明站起來，看了看四周，「好像是那裡。」

男子也跟著站起來，順著高明指的方向看了一看，「你確定嗎？」

高明老實答道：「不是很確定。」

「如果你是在那裡看到，然後你們跑到這裡來，剛才那陣風又是從左邊吹來……」

高明聽著，心裡好生佩服，覺得這個男子很厲害；剛才那陣寒風颳來的時候，他都沒注意到是從什麼方向吹來的。

「他應該是朝著東方去了，」男子說：「我們走！」

走了一會兒，高明注意到一棵大樹的樹幹上，好像有些奇怪的東西。

「等一下！」

「怎麼了？」男子停下腳步。

「你看！」高明示意男子用發光石照著樹幹，「這是什麼東西？」

樹幹上有一個怪異的「樹瘤」，但仔細一看其實不是樹瘤，而是一大團葉片和小蟲子，好像有人特意把它們黏在這裡似的，太不自然了，肯定有詐！

高明為自己擁有這麼棒的觀察力而頗感得意，只是經過而已，他就發現了不尋常之處。

沒想到，男子說：「哦，那是我剛才做的記號。」

什麼？記號？

高明很尷尬，「你用葉片和蟲子做記號？」

欣欣也問：「你是用什麼黏住它們的啊？」

男子說：「如果我們前進的方向沒錯，等一下你們就知道了。」

三人繼續往前走。一路上，在陰暗的光線下，高明看到不止一個那樣的「樹瘤」。

終於，他在一棵大樹的樹幹上，看到了不一樣的東西。走近一看，是閃耀著銀光的小石頭。

男子也看到了。

「這是什麼？」高明問道。

男子沒有回答，轉頭看了一下四周，便跑了起來。

高明和欣欣不知道男子為什麼要跑，也來不及問，只能趕緊跟上。他們才不要落單咧，落單多危險。

跑了一段距離之後，男子停下來，吩咐兄妹倆待在原地，然後把繫在腰間的繩索拿下來，抖了幾下，立刻就變成好幾條繩索。

男子把這些繩索陸續放在地上，顯然是在做陷阱。

布置妥當之後，他把兄妹倆帶開到一段距離之外，還是讓他們藏在樹幹後面。

「剛才那個會發銀光的小石頭是什麼？」高明沒忘記自己剛才的問題。

「那是用來追蹤燭龍的。看得到銀光，表示不久前這裡剛剛吹過大風，也就表示燭龍剛剛經過，現在應該還在這附近，小石頭的表面才會那麼乾淨，而且露出銀光。這是小石頭原本的樣子，要不然表面就會黏著很多其他的東西。」

高明有點兒懂了，「像是葉片和蟲子？」

「對。」男子把發光石舉高，頓時光線大亮。

高明這才明白，原來這個發光石是用高度來調整亮度，拿得低，亮度就比較低，拿得高，亮度就比較高。

男子說：「燭龍現在應該正閉著眼睛在休息。他最討厭在休息的時候，附近有任何亮光。」

男子就這樣高舉著發光石，還不時左右搖動石頭。

「那你現在是要把他給引出來？」高明緊張起來。

男子笑笑，「當然！」

欣欣緊緊的抱住哥哥。

過了一會兒，高明看見不久前見過的紅光，猛然睜大了眼睛，伸手一指，「後面！」

男子立刻轉身，看到樹林裡陣陣紅光後心領神會，說：「出現了！走，跟好我。」

他們迅速往樹林前進。

高明心想，奇怪，這片樹林怎麼這麼大？稍早他和欣欣上來的時候，沒覺得有這麼大啊！難道這是因為他們此時此刻，是身處在不同時空的關係？在這個時空，樹林比較大？

那奇異的紅光一閃一閃，忽然，從樹林深處傳來一聲淒厲的吼叫聲！

「抓到了！一定是抓到了！」男子大嚷，立刻加快腳步。

吼叫聲還在持續，聽起來充滿憤怒。

不久，欣欣也尖叫起來，因為她終於看到那張可怕的大臉了！

高明沒叫，只是十分吃驚的望著不遠處、那個人面蛇身的怪物——啊，他很驚訝自己居然不自覺就想到了「怪物」這個詞——繼而馬上在心裡修正：「不對！燭龍不是怪物，是神獸、是神獸！」

體積龐大的燭龍，被好多繩索分段牢牢綁著，一節一節倒掛在好幾棵大樹上，乍看簡直像是一串又一串的臘腸。

男子回過頭來交代了一聲：「你們不要過來。」

欣欣這會兒躲在高明的身後，不叫也不嚷了，反而好奇的頻頻探頭張望。

他們就這樣隔著一段距離，看著男子迅速把燭龍「打包」成一「團」，看起來活像是個超大蚊香。在這整個過程中，動彈不得的燭龍，不斷發出非常激動和憤恨的怒吼。

「別叫啦，」男子說：「你也玩夠了，該回去啦！」

說著，他從褲子口袋掏出一個東西。就在這個時候，高明看到好像有其他物品，跟著從男子的口袋掉了出來。

男子把那個東西往燭龍的身上一貼，只見在燭龍上方慢慢出現一個小小的藍色圈圈，圈圈逐漸擴大，當它一大到足以容納燭龍時，燭龍很快就吼叫著、被吸進去了。

緊接著，藍色的圈圈慢慢縮小，終至完全消失。

男子朝著兄妹倆這個方向，大聲說道：「我要走了！時空很快就會恢復了！」

「等一下！」高明急著大叫，隨即立刻朝那人飛奔過去。

欣欣不明所以，也緊緊跟在後頭。

等高明跑近了，男子問：「有什麼事？」

高明氣喘吁吁的說：「你的東西掉了！」

他低下頭東看西看，果然在地上發現兩張藍色的貼紙，趕快撿起來，交給那個男子。

「我剛才看到，從你的褲子口袋裡掉出來的。」男子有些驚訝，「是嗎？謝謝你，我真是不小心。」他一接過貼紙，欣欣就大嚷：「你要給我哥哥獎品！」

「獎品？」

欣欣說：「是啊，在童話故事裡，誠實的孩子都會有獎品的。」

「是嗎？」男子笑笑，轉頭看著高明，「那你想要什麼獎品呢？」

高明鼓起勇氣問：「你剛才是不是把燭龍傳送到其他地

方去了？」

男子很意外，「你怎麼知道？」

「簡單，打過電動遊戲的人都猜得到的，」高明宣布：

「我想去那個地方看看！那是什麼地方？」

「是天界。」

「天界？」兄妹倆異口同聲，一方面十分訝異，一方面又覺得在情理之中。

愣了兩秒鐘，兄妹倆接著同時嚷著：「我們想去！我們想去天界！」

高明又說：「反正你可以把時空凍結，等於我們有大把的時間可以用，去去不要緊，對吧？」

欣欣也說：「要不然就是那裡的時間流速，跟我們這裡不一樣，對吧？」

男子讚嘆無比，「你們怎麼都知道？」

欣欣還是說：「故事裡都是這麼說的嘛！」

男子笑了，說：「其實我也正想送你們一個好東西。」

9 天界來回票

男子在臨走前，送給高明和欣欣兩張「升級版」的傳送貼紙。

什麼叫做升級版呢？簡單來講，就是「來回票」，不像燭龍被貼上的是一次性的單程票。同時，男子告訴他們，這種升級版的傳送貼紙相當稀有，上頭有他的信息，所以只要兄妹倆一出發，他會知道的；運氣好的話，還會直接傳送到男子所在的位置附近。

「說起來，我今天本來沒打算要帶這個東西出來的，結果正好帶了，又剛好帶了兩個，也許這就是天意吧！」男子說：「你們一定要小心保管啊！」

高明立刻拿出哥哥的派頭，說了一句「我來保管」之後，理所當然的把兩張貼紙收了起來。欣欣倒也沒搶，只說哪天等他要去的時候，一定要帶上她。

儘管很想去看看，儘管手持來回票，而且到天界時，男子還會接應他們；但是在男子消失以後，他們一時之間還是有些膽怯，沒有立刻跟進。

高明決定還是先回家再說，反正現在有那麼好用的道具，等哪天想去的時候，隨時都可以去。

回到家，按他的手錶顯示，已經快要七點了，可是客廳時鐘卻連六點都還不到，這更證實他們剛才曾經處在一個被凍結的時空裡，因為當時只有他們的時間是正常流逝，而外頭的世界，時間都靜止了。

一進家門，他們立刻聞到濃濃的咖哩香，媽媽正在廚房做咖哩飯。

「色紙買好了？」媽媽問。
「嗯，我有看價錢，不貴。」
欣欣說：「我們去看爸爸了。」
「真的？」媽媽看看兩個孩子，沒說什麼。
這天晚上，高明在迅速寫完功課以後，上網查了好多關於燭龍的資料，然後拿出寶貝畫圖本，把印象中的燭龍，以及那個男子的樣子都畫下來，還非常工整的寫上四個字——「神獸獵人」，這是他為那個男子所取的名字。
我一定要找一天去天界看看，高明想著。

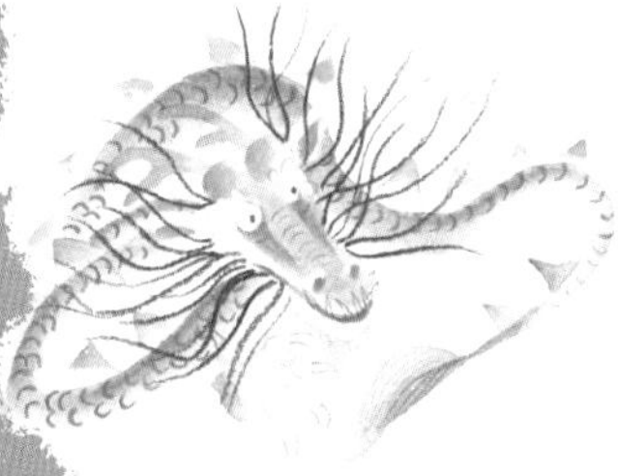

附錄

趣說山海經

文／米家貝

古代交通與通訊不發達，對於無法到達的遠方，總抱著神祕又驚奇的想像。而古代沒有照相機，為了記錄眼睛所見、耳朵所聞的奇人異事，便動手畫出來。

《山海經》就是這麼一部融合真實與想像的寶典。這部書一共十八卷，分為〈山經〉、〈海經〉、〈大荒經〉、〈海內經〉，內容包羅萬象，記錄著各地地理、神話、民族、動植物、礦物、神怪、歷史人物及奇珍異獸等，就像是古代人的百科全書！

古人運用細緻的觀察力，加上天馬行空的想像力，創造出許多奇妙的奇珍異獸，跟現代寶可夢抓寶遊戲，有異曲同工之妙。

一起跟著神獸獵人的腳步，用超能力捕獲這些神獸吧！

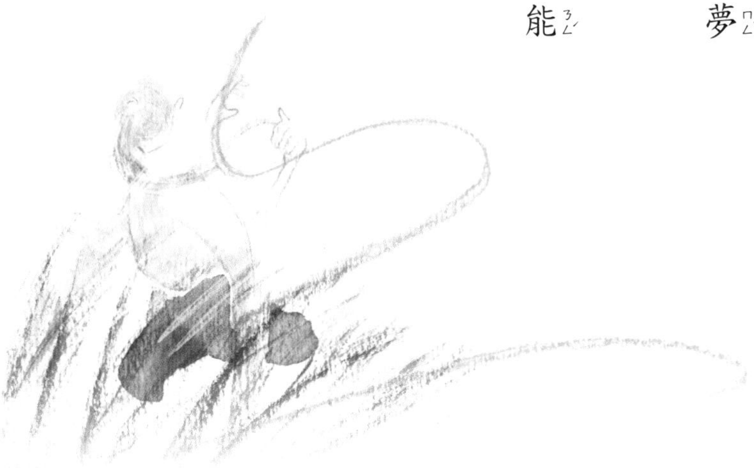

出沒地點

《山海經》〈大荒北經〉章尾山山神名叫「燭龍」;〈海外北經〉鍾山山神名叫「燭陰」，由此推測，燭陰很可能就是燭龍。

神奇超能力

- 一張眼世界就是白天，閉上眼世界就變為黑夜
- 不吃飯、不睡覺，也不呼吸
- 只要一吹氣，季節就變為夏天；一呼氣，就變為冬天
- 以風雨為食物
- 發出光亮，能照耀陰暗的地方

燭龍——

神獸界的智慧空調與電燈開關

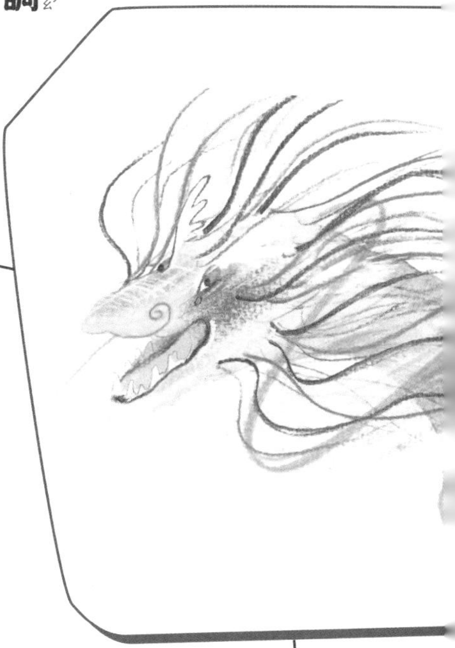

外型特徵

- 人臉蛇身
- 身長有一千里
- 全身赤紅
- 眼睛豎直，像一條縫

原來「它」才是真正的燭龍？

近代有種說法，古代先民們看見神祕絢麗的北極光，十分恭敬畏懼，便將這道光，想像成一條會發光的龍。因此「燭陰」或「燭龍」很有可能是古人從極光想像出的神獸。

【什麼是四神？】

古代天文學家觀測天空時，將天空中的恆星分為東、西、南、北四個區塊，稱為「四象」。每個區塊有七個主要星座，那麼四個區塊共有幾個星座呢？答案是二十八個，合稱「二十八宿*」。

遠古時代，人們對於自然現象懷著敬畏又崇拜的心理，看見天上的星星，便想像成天界的動物。若分別將四象中的星座串連起來，形狀各像是龍、老虎、鳥和龜蛇的合體。

＊二十八宿是指哪些星座？

東方七宿：角、亢、氐、房、心、尾、箕宿。
西方七宿：奎、婁、胃、昴、畢、觜、參宿。
南方七宿：井、鬼、柳、星、張、翼、軫宿。
北方七宿：斗、牛、女、虛、危、室、壁宿。

由於原始社會中，各部落互相你攻我防、四處征戰，需要強大的神獸圖騰，作為神物崇拜與精神支柱，於是古人將夜空中的這四種動物，想像出具體的形象，並命名為「青龍」、「白虎」、「朱雀」、「玄武」，想像祂們是鎮守四方的神獸，合稱為「四神」或「四靈」，且賦予四神驅邪逐惡、鎮宅吉祥的涵義。

到了漢代，人們將四神圖案用來裝飾宮殿建築物品，例如殿門、銅鏡、瓦當*等，以保平安。現在可以在博物館欣賞四神瓦當及四神銅鏡，感受祂們威風凜凜的氣勢喔。

* **瓦當的功能**

「瓦」是一種陶製的建築材料，用來覆蓋屋頂，以防漏水。
「瓦當」則位於屋頂瓦片前端，用來擋住整排瓦片，避免掉落。
設計師會在瓦當上製作圖案與文字，以增加建築物的美觀。

【四神小檔案】

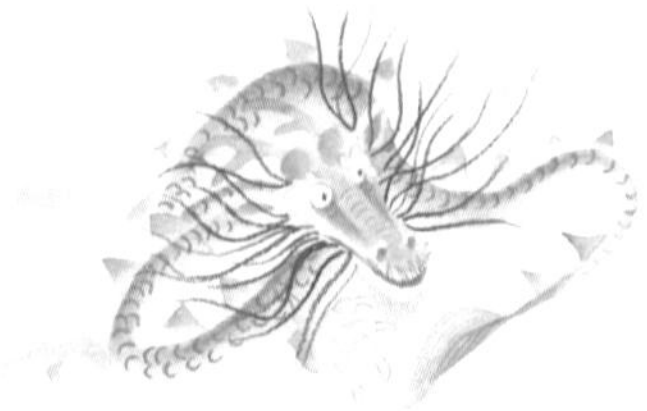

【青龍】

◆春天來臨，樹木發芽成長，從地面觀察東方七個星座的排列，可以看見代表春天的「青龍」，在東方天空逐漸升起，「二月二，龍抬頭」的俗諺，就是這麼來的。

◆守護方位：東方

◆象徵：能興雲作雨且德高位重

【朱雀】

◆夏天來臨，樹木蓬勃生長，南方七個星座的排列，形似身披火焰的鳥，稱為「朱雀」，代表夏天。

◆守護方位：南方

◆象徵：兇猛擅飛且行動敏捷迅速

【白虎】

◆秋天來臨，樹木凋零，西方七個星座的排列形似臥虎，稱為「白虎」，代表秋天。

◆守護方位：西方

◆象徵：兇猛擅戰且能降伏邪靈

【玄武】

◆冬天來臨，萬物休眠，北方七個星座的排列，形似黑蛇纏繞龜身，稱為「玄武」，代表冬天。

◆守護方位：北方

◆象徵：堅毅不拔且善攻善守

【我也有守護神獸！小心藏好，別被捕獲】

認識燭龍、青龍、白虎、朱雀、玄武後，請你也發揮想像力，創造一頭守護自己的神獸吧。把祂畫出來，小心藏好，別讓神獸獵人發現祂喔！

神獸的名字：

神獸超能力：

神獸的樣貌：

國家圖書館出版品預行編目（CIP）資料

神獸獵人 . 1：學校後山的怪事／管家琪文；
鄭潔文圖 . -- 初版 . -- 新北市：步步出版：遠
足文化事業股份有限公司發行 , 2022.06
面；　公分
ISBN 978-626-96038-2-4（平裝）
863.596　　111005940

神獸獵人1：學校後山的怪事

作　　者｜管家琪
繪　　者｜鄭潔文

步步出版
社長兼總編輯｜馮季眉
編　　輯｜徐子茹
美術設計｜張簡至真

讀書共和國出版集團
社　　長｜郭重興
發行人｜曾大福
業務平臺總經理｜李雪麗　業務平臺副總經理｜李復民
實體通路協理｜林詩富　網路暨海外通路協理｜張鑫峰　特販通路協理｜陳綺瑩
印務協理｜江域平　印務主任｜李孟儒

出版｜步步出版
發行｜遠足文化事業股份有限公司
地址｜231 新北市新店區民權路108-2號9樓
電話｜(02)2218-1417　傳真｜(02)8667-1065
電子信箱｜service@bookrep.com.tw　網址｜www.bookrep.com.tw
法律顧問｜華洋法律事務所．蘇文生律師
印製｜中原造像股份有限公司

初版一刷｜ 2022 年 6 月　初版二刷｜ 2023 年 6 月　定價｜ 300 元
書號｜ 1BCI0028　ISBN | 978-626-96038-2-4